Giovanni Verga

La lupa

LA LUPA

Scene drammatiche in due atti

PERSONAGGI

LA GNÀ PINA, detta *la Lupa*, ancora bella e provocante, malgrado i suoi trentacinque anni suonati, col seno fermo da vergine, gli occhi luminosi in fondo alle occhiaie scure e il bel fiore carnoso della bocca, nel pallore caldo del viso.

MARA, sua figlia, giovanetta delicata e triste - quasi la colpa non sua le pesasse sul capo biondo, e non osasse fissare in viso alla gente i begli occhi timidi.

NANNI LASCA, bel giovane - tenero con le donne, ma più tenero ancora del suo interesse; sobrio e duro al lavoro, come chi mira ad assicurarsi uno stato. - Fronte bassa e stretta, sotto i capelli ruvidi - denti di lupo, e begli occhi di cane da caccia.

BRUNO, contadinotto sano ed allegro, che piglia il tempo come viene di lassù, e le ragazze come capitano nell'aia.

CARDILLO, forte e paziente al pari di un bue, di cui ha il pelo fulvo, che sembra mangiargli il volto - ed anche il giudizio.

NELI, giallo e allampanato, roso dalla malaria, che lo butta stremato in un canto, dopo ogni giornata di lavoro.

COMPARE JANU, il capoccia - serio e contegnoso come conviene all'età e all'ufficio suo - fedele alle buone usanze antiche sin nel taglio della barba, che porta a guisa di due lasagnette grigie al sommo delle guance. - Sputagrave e sentenzioso meglio di Ponzio Pilato.

LA

ZIA FILOMENA, vecchietta arzilla e indurita al lavoro. Parla come un oracolo, e ne sa più del capoccia.

GRAZIA, ragazza che sembrerebbe un uomo, tanto è piatta e abbronzata, se non fosse il riso delle labbra fresche e degli occhi nerissimi.

LIA, contadina quasi senza età e senza sesso anche lei, sciupata dagli stenti - e sorridendo nonostante alla vita e all'amore.

MALERBA,   il buffone della compagnia - faccia di scimmia, dal ghigno malizioso.

NUNZIO,   ragazzo magro e nero come un grillo.

Nel contado di Modica.

ATTO PRIMO

Nell'aia, sull'imbrunire. A destra la capanna dei mietitori, a sinistra una gran bica; mucchi di covoni e di attrezzi rurali sparsi qua e là. In fondo l'ampia distesa della pianura carica di messe, già velata dalla sera, e il corso del fiume, tra i giunchi e le canne palustri. Si odono passare in lontananza delle voci, delle canzoni stracche; il tintinnio dei campanacci delle mandrie che scendono ad abbeverare, e di tanto in tanto l'uggiolare dei cani, sparsi per la campagna, sulla quale scorrono delle folate di scirocco, con un fruscio largo di biade mature. Negli intervalli di silenzio sembra sorgere e diffondersi il mormorio delle acque e il trillare dei grilli, incessante. La luna incomincia a levarsi, accesa - sbiancandosi man mano, in un alone afoso.

SCENA I

Bruno, Malerba, Neli, Cardillo, Grazia e Lia stanno seduti in crocchio, dopo cena, ascoltando una fiaba che narra la zia Filomena. Compare Janu sull'uscio della capanna, fumando. Nunzio sbocconcella pian piano un tozzo di pan bigio, accoccolato sulle stanghe della treggia, in fondo all'aia.

FILOMENA *(narrando).* La Maga dunque…

CARDILLO *(levando il capo a ogni soffiar di vento).* Sentite che scirocco? Domani si vuol sudare il pane!

FILOMENA *(seccata).* Mi lasciate narrare la fiaba?

CARDILLO *(con una spallucciata).* A voi.

FILOMENA La Maga dunque se ne stava nel palazzo incantato, tutto d'oro e di pietre preziose, e come passava un viandante, s'affacciava alla finestra per tirarlo in peccato mortale. Giovani e vecchi, vi cadevano tutti!… religiosi anche, e servi di Dio!…

BRUNO *(ridendo).* Bene, bene!

FILOMENA Voi che cosa avreste fatto? Se vi ho detto che era una Maga!… e di vecchia si faceva giovane!… bianca e rossa come una ragazza di quindici anni.… con due occhi in fronte che erano due stelle!

MALERBA *(ghignando).* Bene, bene, ditemi dove sta di casa!

FILOMENA   Dove sta? All'inferno! E volete sapere che ne faceva di quei poveri disgraziati, poi? Con un colpo di bacchetta, paff! li mutava in asini o in maiali, con rispetto parlando. Finché un santo eremita, che venne a saperlo, disse: Qui bisogna che vada io, se no finisce il mondo…

CARDILLO   *(colla sua aria bonacciona)*. Uno che si pigliava le corna altrui, quel santo eremita, e se le metteva in testa!

MALERBA   *(sghignazzando)*. Eh! eh! avrà voluto provare anche lui!…

FILOMENA   *(scandalizzata)*. Così parlate dei santi? Allora non dico più nulla.

MALERBA   Infine non me ne importa. Son storie che si raccontano.

FILOMENA   Storie? Saranno storie! Però accadevano allora, quando c'era il timor di Dio!

BRUNO   *(in tono di scherzo)*. No, no, ci credo! Quando vi guardo negli occhi, comare Grazia, ci credo alla Maga!

              Le scocca un bacio da lontano colle dita.

JANU   *(gravemente, togliendosi la pipa di bocca)*. Maga o non Maga, sapete come dice il proverbio? "L'uomo è il fuoco, la donna è la stoppa: viene il diavolo e soffia!"

BRUNO   *(alle ragazze, facendo per abbracciarle)*. Soffia tu, che soffio io! Ora son io la stoppa, com'è vero Dio!

GRAZIA   *(lo respinge ridendo)*. Tenetevi le vostre mani, però!

CARDILLO   *(col fare di un puledro messo a un tratto in allegria)*. È la favola della Maga che ci ha messo il pizzicore addosso'. Facciamo quattro salti!

BRUNO   *(al ragazzo)*. Su, su, Nunzio! Mano alla zampognetta!

NELI   *(brontolando)*. Quattro salti! Vi ringrazio tanto!… Come se fossi stato a spasso tutta la giornata!…

JANU   Come se fossi stato a spasso! Te la pago la giornata, sì o no?

NELI   Me la pagate… me la pagate… Ora ho le ossa rotte. Vi ringrazio tanto.

CARDILLO   Non gli badate a quel poltronaccio. Su, Nunzio, suonaci il ballo tondo. Qui non si spende nulla.

BRUNO   *(allegro)*. Comare Grazia, su!… Gnà Lia! Ora comincia il festino!

              Nunzio, si alza, cava fuori la zampognetta dalla bisaccia appesa alle stanghe della treggia, e comincia a suonare, dondolandosi goffamente ora su di un piede e ora sull'altro.

MALERBA   *(a Grazia e Lia)*. Ehi, ragazze!... Si fanno pregare anche loro! Benedetta la gnà Pina che porta l'allegria dove va lei!

Sghignazzando.

Quella sì che non si fa pregare!

BRUNO   *(chiamando ad alta voce verso il fondo della scena)*. O gnà Pina!... Che diavolo fa sino a quest'ora? Ci voleva tanto a raccogliere quelle quattro spighe?

Torna a chiamare c.s. in tono di scherzo.

O venite qua, gnà Pina bella!

SCENA II

Nanni Lasca, dalla sinistra in fondo, con una forca sulle spalle, e i suddetti.

NANNI   *(in tono di scherzo anche lui, ficcando la forca nella bica).* Ohi! non gridare al lupo, se no viene e ti mangia!

BRUNO   Ah, che ne hai fatto della gnà Pina?

NANNI   Io? Non ne ho fatto niente. L'ho forse legata alla cintola la gnà Pina?

CARDILLO   *(col suo riso grossolano).* No. È lei che ti corre dietro le calcagna!

NANNI   Ho altro pel capo adesso! Dopo una giornata di mietere! Vengo da governare le bestie.

MALERBA   *(chiamando lontano, colle mani alla bocca, in tono di scherno).* Venite qua dunque gnà Pina bella!… Gioia mia!

JANU   Zitto, linguaccia!

MALERBA   *(sempre in tono di scherzo).* Gioia mia! Gioia vostra! Ce n'è per tutti colla gnà Pina!

CARDILLO   Intanto il suono si perde. A noi, zia Filomena!

Comincia per ischerzo a ballare di faccia a lei.

Date voi il buon esempio… Per mostrare a queste ragazze come si faceva ai vostri tempi!

FILOMENA   *(si alza vispa ed allegra).* Ai miei tempi si diceva "Vile chi si pente!"

Si mette a ballare di contro a Cardillo.

Il buon panno sino alla cimosa!

Continua a ballare dirimpetto a compare Janu, per invitarlo dopo che Cardillo ha terminato.

Facciamoglielo vedere, compare Janu, il buon panno antico!

JANU   Eh! Panno vecchio ormai!… che volete farci!

GRAZIA   *(eccitandolo, con gaiezza).* Vile chi si pente, compar Janu!

JANU   *(risolvendosi infine)*. E va bene!

Si alza e comincia a dondolarsi goffamente di faccia alla zia Filomena; poi, quando costei torna a sedere, va ad invitare allo stesso modo la Grazia.

Ora a te, che hai la lingua lunga, cutrettola!

Grazia balla con compare Janu, e dopo che costui è tornato a sedere, va ad invitare Bruno come hanno fatto gli altri, ballando di contro a lui.

BRUNO   *(saltando in giro allegramente, e facendo scoppiettare le dita)*. Ohi! Ohlilà!

NANNI   *(ridendo)*. O Bruno, questo lavoro non te lo paga oggi compare Janu!

BRUNO   *(continuando. c.s.)*. Non me ne importa. Lo fo per amore! Ohilà! ohilà!

Dopo che Grazia è tornata a sedere accanto alla zia Filomena, va ad invitare Lia, sgambettando dinanzi a lei.

Ohilà!

NELI   *(brontolando, sdraiato sulla paglia)*. Bel gusto!… Divertitevi!

MALERBA   *(facendosi avanti e tirando Bruno per un braccio)*. A me ora! Un po' per uno!

BRUNO   *(svincolandosi)*. Va al diavolo! Ohi! Ohila!

SCENA III

La gnà Pina dal fondo a destra, con un fascio di manipoli sul capo, e i precedenti.

MALERBA   *(correndo colle braccia aperte verso la gnà Pina che ha buttato il fascio di spighe in un canto, e s'avanza sorridente, rassettandosi il fazzoletto in capo).* O gnà Pina!… benedetta! gioia mia!… cuore mio!… Venite qua che vogliamo fare un terremoto!

PINA   *(ridendo).* No. Voglio ballare con compare Nanni…

Con civetteria facendo una bella riverenza a Nanni Lasca,

se son degna di questo onore…

MALERBA   *(ironico).* Ah, dev'essere proprio lui? Lo sappiamo che vi piace! Un pezzo che lo sappiamo! Buon pro vi faccia!

PINA   *(sdegnosa).* E a voi chi vi parla, adesso?

MALERBA   *(canzonatorio).* Parla a te, Nanni! Non vuoi sentirci di quell'orecchio?

BRUNO   *(ridendo).* Nanni Lasca non vede e non sente.

PINA   *(a Nanni, tra scherzosa e ironica, canticchiando nel passargli accosto):*

> "O voi che avete occhi e non vedete,
> allora di quegli occhi che ne fate?"

CARDILLO   Su, su, Nanni!… poltronaccio!

NANNI   *(brontolando).* Avete voglia, voialtri! Prima una giornata colla falce in pugno!… Poi pigiarsi le budella anche! Come se v'invitassero a maccheroni e stufato, adesso!

JANU   *(ridendo).* Nanni Lasca non fa niente per niente, gnà Pina.

PINA   *(a Nanni con civetteria).* E voi sapete che vi dico? *Chi non mi vuole non mi merita.*

Va ad invitare Cardillo e balla con grazia dinanzi a lui, tenendo distese le due cocche del grembiule colla punta delle dita, e piegando il capo sull'omero.

CARDILLO   *(eccitandosi).* Tanto peggio per Nanni Lasca!… Mi sento diventare un leone con voi!… Fossi anche morto nel cataletto, guardate!

10

MALERBA   *(accendendosi anche lui al veder ballare la Pina).* Un po' anche a me, gnà Pina!... Non mi tengono le catene!. Chi non vi vuole non vi merita!... Perdete il ranno ed il sapone con quella bestia di Nanni Lasca!...

GRAZIA   *(ridendo).* Vile chi si pente, compare Nanni!

NANNI   *(pigliando fuoco infine lui pure e risolvendosi ad alzarsi con un risolino goffo).* Sangue di...! Corpo di...! Se mi pigliate per quel verso! Via, eccomi qua.

PINA   *Chi tardi arriva male alloggia,* compare Nanni!

Gli volta le spalle con una risata, e se ne va a destra colle altre donne.

NANNI   *(piccato).* Ora che mi avete scaldato le orecchie? Ora non mi tengo più! Mi sento un Mongibello!

SCENA IV

Mara dal fondo a destra, con un covone di spighe sul capo, e detti.

NANNI	*(andando incontro a Mara, che va a deporre il covone accanto a quello di sua madre).* Vostra madre mi ha lasciato nel meglio, gnà Mara! Almeno venite qua voi. Voglio fare il ballo tondo! Voglio sudare una camicia!
MARA	*(ravviandosi, in aria timida).* Vi ringrazio, compare Nanni…
NANNI	Non volete neanche voi?… perché ve lo dico io?
MARA	*(sempre più imbarazzata).* No, scusatemi… non ballo.
NANNI	Che avete? le gambe molli? O avete il cuore duro?
MARA	*(a capo chino, rossa fino ai capelli).* No… Vi ringrazio anzi… Scusatemi, compare Nanni.
NANNI	*(tra piccato e scherzoso):*

> "Cuore duro, cuore di sasso!
> La voglia in corpo mi lasciate adesso?…"

MALERBA	*(canzonatorio a Nanni).* Ma no! ma no! Vuoi che si piglino pei capelli con sua madre?
PINA	*(a Malerba, bruscamente).* Finiamola! Lasciate in pace mia figlia!
MALERBA	Chi ve la tocca?

A Nanni dandogli uno spintone per ischerzo.

Lasciala in pace!

NANNI	*(ridendo).* Ah, si fa questo giuoco, adesso?

Ricambia la spinta a Neli

A te!

NELI	*(che sta per cadere, si rivolta irato).* Eh… Io che c'entro!

Poi si sfoga con Bruno, dandogli un urtone

Divertitevi tra voi!

BRUNO   Ah sì? Ah sì?

Tenta di abbracciare Grazia.

Ora tocca a voi, bellezza!

GRAZIA   *(lo schiva ridendo, e respinge Malerba dall'altra parte)*

Non mi piace questo giuoco.

Lia scappa essa pure

MALERBA   *(finge di barcollare, avanzandosi verso la gnà Pina colle braccia aperte).* Allora la gnà Pina, che le piace…

PINA   *(respingendo sdegnosa).* Tenete le mani a casa, voi!

MALERBA   *(ironico).* Perché? ho le mani sudice forse? Bisogna lavarsi le mani con voi, ora?

PINA   Avete le mani e la lingua, sporche!

MALERBA   Guarda la gnà Pina che patisce il solletico adesso! Vuol dire che il diavolo si fa eremita, adesso!

PINA   Vuol dire che siete una bestia.

MALERBA   *(c.s. sardonico).* Una bestia! Sissignora! Per questo non volete che vi tocchi! Toccala tu, Nanni, che hai le mani pulite!

NANNI   *(ridendo).* Non gli date retta, gnà Pina. È il vino che lo fa parlare.

PINA   *(accorata).* E voi che vi fa parlare, l'aceto?… che sputate amaro quando vi parlano gli altri?

NANNI   Perché? Che vi ho detto?

PINA   *(tristemente).* Niente… Lasciamo andare…

Cambiando tono, e con dolcezza ancora un po' triste.

Vi avevo portato un pugno di ciliege, lassù dalla vigna… Non importa che sputiate amaro con me… Le ho colte per voi. Le volete?

Gli offre le ciliege raccolte nel grembiule.

NANNI   Sì, vi ringrazio… se volete darmele…

BRUNO   A pigliare è sempre pronto lui!

NANNI   Piglia anche tu… Malerba…

PINA   (*buttando per aria le ciliege*). Tutti quanti! Pigliate!

NANNI   (*sorpreso*). O bella! perché?

PINA   (*quasi colle lagrime agli occhi, ma contenendosi*). E voi, perché?

Gli volta le spalle corrucciata.

NELI   (*raccattando le ciliege, carponi*). Peccato! la grazia di Dio!

MALERBA   (*sbracciandosi a impor silenzio*). Sss! sss!

JANU   Che c'è?

Si odono uggiolare i cani per la campagna.

MALERBA   (*scoppiando in una risata buffa*). Niente. Avete fatto ribellare i cani…

JANU   Ora piglio un pezzo di bastone per te e per loro!

CARDILLO   I cani abbaiano alla luna.

BRUNO   I cani e gl'innamorati.

Rivolto a Grazia, in aria galante.

Vediamo, chi ci avete in testa, voi?

GRAZIA   (*schermendosi con civetteria*). Io? Nessuno.

LIA   E neppure io.

MALERBA   O gnà Pina, perché non parlate voi? L'avete con la luna, che le contate le vostre pene?

NANNI   (*canticchiando in tono di scherzo*):

> "Chi ha la doglia se la tiene.
> Chi sospira è fra le pene".

PINA   (*con una tinta d'amarezza*). La luna c'è per tutti lassù, compare Nanni.

CARDILLO   O gnà Mara, parlate voi almeno. Ditelo voi chi ci avete in testa.

NANNI   (*ridendo, a Mara*). Non ballate! non parlate!… che diavolo avete dunque?

MARA   (*senza dar retta*). Mamma, devo andare al fiume per l'acqua?

PINA   (*bruscamente*). Va, va!

NANNI   Eh, che male c'è? Avete la roba, grazie a Dio!… e gli anni pure, per maritarsi…

MARA   *(voltandogli le spalle).* Io non voglio maritarmi.

Entra nella capanna.

SCENA V

Tutti, meno Mara.

MALERBA	*(facendo portavoce delle mani alla bocca, grida dietro a Mara)* Allora badate che ve lo fa vostra madre questo servizio!…
PINA	*(irritata).* Voi che c'entrate nei fatti miei?
MALERBA	Dico che siete in gamba, meglio di vostra figlia! E non vi piace la vedovanza… Oh no!
PINA	*(minacciosa).* Se ce l'avete con me, e cercate di attaccar briga, guardate che ho i denti per mordere!
MALERBA	Sì, lo so che ce li avete! Tanto che vi mangiate i Cristiani!… pelle e ossa!… soltanto a guardarli, Dio ce ne scampi e liberi!
CARDILLO	Va, va, che ti lasceresti mangiare volentieri anche tu!
MALERBA	E tu? E Nanni Lasca?

Cambiando tono, con sorriso ironico

Prima lui, che ha le mani pulite! Un pezzo che lo sappiamo!

NANNI	*(ridendo).* No, io ho la pelle dura! Non mi lascio mangiare.
PINA	*(a Malerba).* E quello che vi fa vostra moglie non lo sapete voi?
MALERBA	Senti la lupa, adesso!
JANU	Finitela! Finitela, voialtri! Si chiacchiera per ridere, per passare il tempo.
NANNI	*(accostandosi a Pina, in tono di scherzo).* Che gli fa? che gli fa, la moglie di Malerba?
PINA	*(corrucciata).* Niente. E neppure io vi ho fatto niente, a voi che sputate amaro e avete la pelle dura… Ma il cuore l'avete peggio anche!
NANNI	*(le volta le spalle canticchiando):*

“Cuore duro, cuore tiranno…”

BRUNO	*(a Grazia con galanteria):*

“Mi dice il cuore che tiranno siete,

16

o mi scordaste, e che più non mi amate…"

GRAZIA	*(risponde sullo stesso tono, sorridendo, ma come parlando alle altre donne):*

"Non ci credete, no, non ci credete,
ragazze, alle parole inzuccherate…"

CARDILLO	Bravo! Ora ciascuno deve dir la sua!
NANNI	Comincia tu, Neli.
NELI	Io non so niente.
MALERBA	Aspettate!… la dico io!
FILOMENA	Voi tacete! Ci sono delle ragazze! Le sappiamo le vostre belle canzoni!
BRUNO	*(a Lia).* Allora comare Lia!
LIA	*(ritrosa).* No, non ne so.
GRAZIA	Neppure io.
CARDILLO	Gnà Pina, voi.
PINA	No, non ho voglia.
GRAZIA	Ne sapete tante!
NANNI	Vuol farsi pregare, adesso!
PINA	*(saettandogli una occhiata, e tornando a chinare il capo).* Bene, dirò quella che mi viene in mente.

Dolcemente, quasi parlando fra sé, coi gomiti sui ginocchi e il capo fra le mani

"Garofano pomposo, dolce amore,
dimmelo tu come ti debbo amare!
Tu di nascosto m'hai rubato il cuore,
ed io qui venni se mel vuoi ridare.
E n'ho toccati tanti cuori duri!
Solo il tuo non si lascia intenerire!
Ora men vado a governo d'amore…
Il mio lo lascio a te. Non ti scordare".

BRUNO	Bene! Brava! Guarda come l'ha trovata, quel diavolo di donna!
MALERBA	*(a Nanni in tono canzonatorio).* Ora a te, garofano pomposo!

NANNI   (ridendo goffamente). No... non ne so di così belle... Sono una bestia.

CARDILLO   Se non rispondi adesso, o sei proprio una bestia, o vuol dire che non ci senti da quell'orecchio.

LIA   Ora vuol farsi pregare lui.

NANNI   (si risolve infine ad alzarsi mezzo ridendo e mezzo seccato, collo sguardo errante e vago, accompagnando goffamente ogni verso in cadenza col gesto dell'indice teso):

               "Vedi e taci, se bene aver tu vuoi.
               Porta rispetto al luogo dove stai.
               Non fare più di quello che tu puoi.
               Pensa la cosa, prima che la fai".

MALERBA   (a Pina, sghignazzando e forbendosi la bocca col rovescio della mano). Avete sentito, gnà Pina? Dunque mettetevi il cuore in pace!

PINA   (alzandosi infuriata e buttandogli in faccia una scodella). Te'! senti questa, tu!

MALERBA   Ah! Lupa maledetta! Giuoca colle mani anche!

               Fa per slanciarsi su lei.

JANU   Ehi! Ehilà! Basta!

               Un tafferuglio: tutti vociano insieme, gli uomini trattenendo Malerba da una parte e le donne la gnà Pina dall'altra.

NELI   (salvandosi dalla ressa). Finisce sempre così, come all'opera di Pulcinella!

SCENA VI

Mara, accorrendo dalla capanna, e detti.

MARA   *(spaventata, quasi piangente).* Mamma! Mamma mia! Che fu?

NANNI   (a *Malerba*). Lasciala stare in pace. Sei tu che la stuzzichi ogni momento.

MALERBA   *(ancora irritato).* E tu che la difendi!... perché ti fa gli occhi dolci, la lupa! ... buon pro ti faccia!

PINA   *(a Malerba mostrandogli il pugno da lontano).* Com'è vero che mi chiamano la Lupa!

JANU   *(dando loro sulla voce).* Avete mangiato e bevuto, e ora il vino vi dà alla testa!

Alla gnà Pina:

A voi, scacciamo la tentazione! Andate al fiume per l'acqua piuttosto! Vi rinfrescherà il sangue.

PINA   *(va a prendere la brocca, minacciando sempre Malerba).* M'avessero a sbattezzare, vedi!

MARA   Mamma! mamma! per carità!

La gnà Pina s'avvia colla brocca al fiume dalla sinistra.

MALERBA   Lupaccia maledetta! Se la piglia con questo e con quello perché non può sfogarsi con Nanni Lasca!

JANU   *(spingendolo verso il fondo a destra).* Tu, pensa alle bestie! Vedi se hanno mangiato l'orzo, e dà la paglia fresca prima di andare a dormire. Hai inteso?

MALERBA   *(brontolando, nell'andarsene).* Ho inteso! ho inteso! Però fareste meglio non pigliando a giornata di queste Marie Maddalene che vengono a seminare zizzania!... e a cercarsi gl'innamorati! E con questo vi lascio! Benedicite e buona sera.

Esce.

NELI   *(avviandosi dietro a lui).* Benedicite, benedicite.

NANNI   *(a Mara che è rimasta in disparte, asciugandosi gli occhi col grembiule).* Non gli badate, gnà Mara; sapete che è una bestia Malerba.

19

MARA	(*accorata*). Perché devono pigliarsela sempre con lei? Non hanno altro che fare?
NANNI	Vi dico che è una bestia. Lasciatelo cantare dunque.
MARA	(*c.s. e quasi in tono di rimprovero*). Vorrei vedervi voi, se parlassero così di vostra madre!…
NANNI	Ve la pigliate con me adesso?
MARA	No! me la piglio colla mia disgrazia…
NANNI	Bene, ma io non c'entro… e voi non c'entrate nemmeno. Sapete come si dice: dalla spina, nasce la rosa…
MARA	(*accennando col capo, amaramente*). Anche voi, adesso!… Sì!… quello che state dicendo!…
NANNI	Che dico di male?
MARA	Niente!… Lasciatemi stare anche voi!

Gli volta le spalle ed entra nella capanna.

NANNI	(*stringendosi nelle spalle*). Bene. Non me ne importa.
FILOMENA	(*a Grazia e Lia*). Andiamo, andiamo ch'è tardi, e il sole si alza presto, domani.
BRUNO	(*fingendo di voler andare colle donne*). Pronto! Eccomi qua!
LIA	(*scappa ridendo*). Gesummaria!
GRAZIA	(*respingendolo*). Voi dalla vostra parte, tentazione!
FILOMENA	(*brandendo una forca*). Vedete? C'è questa per voi.

Entra nella capanna con Grazia e Lia.

JANU	(*spingendo Bruno e Cardillo verso il fondo a destra*). A cuccia! via, andiamo!

Bruno e Cardillo escono.

Chi è a guardare le pecore adesso?

NUNZIO	(*raccogliendo la sua roba*). Io, vossignoria.
JANU	E perché sei ancora qui, paneperso? Ti piacciono le chiacchiere? Bada che se le pecore vengono a farmi del danno nell'aia ti rompo le ossa.

NUNZIO

Come ho da fare a guardarle anche di notte? Non me lo dicono prima se vogliono venire nell'aia.

JANU

Paneperso! Scansafatica!

NUNZIO

Scansafatica!… dite bene vossignoria!…

JANU

Va, va, che se no ti arriva qualche pedata.

NANNI

Va, che qui ci abbado io. Dormo qui al fresco.

Nunzio si allontana dal fondo a sinistra.

JANU

Bene, santanotte. Occhi alla roba dunque.

Esce dalla destra.

NANNI

(disponendo la sua roba per dormire). Benedicite, benedicite.

Si ode la voce di Nunzio che si allontana cantando:

> "Muta è la viaaaa.
> È mezzanotte, e ora vo a trovarlaaaa…"

NANNI

(facendo eco alla canzone, mentre accomoda la paglia sotto una bisaccia per sdraiarvisi sopra):

> "La figlia bella dell'anima miaaa…"

Sedendo sul giaciglio e stirando le braccia.

Ah!… E domani daccapo!

Si ode in fondo, tra i seminati, un fruscio di foglie secche.

Ehi!… Chi è la?… Bestie feroci, o spiriti maligni?…

SCENA VII

La gnà Pina, dalla sinistra in fondo, recando sul capo la brocca d'acqua, e Nanni.

NANNI — O gnà Pina, siete voi? Che paura mi avete fatto!

PINA — *(accigliata, nell'andare a deporre la brocca accanto all'uscio della capanna).* Scherzate sempre, Voi! Vi piace burlarvi del prossimo!

NANNI — Siete ancora in collera? Non ve lo siete rinfrescato il sangue, laggiù al fiume?

PINA — *(come risolvendosi, dopo un istante d'esitazione, andando diritto a lui, risoluta, ma colle braccia cadenti in atto triste e desolato).* Perché ce l'avete con me, compare Nanni? Che vi ho fatto?

NANNI — Io? Perché?... Che vi ho detto?

PINA — *(siede accasciata su di un covone lì presso, quasi parlando fra sé e lamentandosi).* Se ho fatto del male, l'ho fatto a me stessa... Ma a voi non ho fatto nulla. E neanche a quella bestia di Malerba... Allora perché m'ingiuria e mi carica d'improperi?... In presenza vostra, anche!

NANNI — Malerba scherza sempre. Non ci pensate più. Buona notte.

PINA — Buonanotte a voi, che potete dormire!

NANNI — *(sempre in tono quasi canzonatorio).* E voi, no?

PINA — Io no, compare Nanni. Lo sapete bene!

NANNI — Fatevi cantare la ninna nanna da qualchedun altro allora, e lasciatemi dormire, che ho sonno.

PINA — Benedetto il vostro santo patrono, che vi ha fatto di quella pasta!

NANNI — *(ridendo).* O come son fatto?

PINA — Finta che avete occhi e non vedete, finta!

NANNI — No, al buio non ci vedo, gnà Pina.

PINA — S'è buio tanto meglio!... che le parole non si perdono al buio!... ma vanno dritte, come escono dal cuore. Le vostre tagliano peggio d'un coltello, compare Nanni!

22

NANNI	Non le capisco le parabole, gnà Pina.
PINA	*(in tono d'amarezza)*. Ah! che testa avete voi! E il anche il cuore!... duro come un sasso!
NANNI	Non le capisco! non le capisco!
PINA	Non le capite!. E vi lasciate morire la gente dinanzi!... E voi voltate la testa dall'altra parte!...
NANNI	Ohi! ohi! Si parla già di morti e di feriti?
PINA	*(dopo un breve silenzio, coi gomiti sui ginocchi e il mento fra le mani; quasi soffocata dalla passione dolorosa)*:

> "Garofano pomposo, dolce amore,
> dimmelo tu, come ti debbo amare!..."

NANNI	Che non ne sapete altra canzone, gnà Pina?
PINA	*(asciugandosi gli occhi febbrilmente)*. Mi torna in bocca sempre quella... perché ne ho il cuore pieno!... Finta che non lo sapete, voi! Finta che non mi vedete cuocere a fuoco lento! Mi chiamano la lupa... ma il lupo siete voi che vi lasciate morire la gente dinanzi...
NANNI	O che volete infine, gnà Pina?
PINA	*(chinandosi su di lui; viso contro viso, con un suono rauco e inarticolato di belva)*. Voglio te!...
NANNI	*(scoppiando in riso)*. Voi!... Perché non mi date vostra figlia invece?... Datemi vostra figlia ch'è carne fresca invece...
PINA	Ah, compare Nanni!... Come vorrei vedervi piangere coi miei occhi!
NANNI	Scusate!... Dico per ischerzo... Sapete la canzone?

> "Se vuoi dar retta al maestro di scuola,
> lascia la madre e piglia la figliuola".

PINA	Come potete scherzare adesso? Perché vi divertite a calpestarmi coi piedi sulla faccia? Sono la lupa è vero... Sono una cosa vile... Vedete come divento soltanto a parlarvi?... un pezzo di cosa vile! Mi butterete via come un cencio poi... quando non mi vorrete più.
NANNI	No! no!...

> "Pensa la cosa prima che la fai!"

PINA	*(amaramente)*. Quanto siete giudizioso! Pensate le cose prima, voi!

NANNI   Devo pensare ai fatti miei... Sono un povero diavolo che campa a giornata... Non posso mettermi in questo imbroglio... e avere poi chissà che fastidi.

PINA   *(umilmente).* Che fastidi potreste avere con me?... Sapete quella che sono! ...

NANNI   Sì, perché lo so! Non me ne sbarazzo più, se mi metto in quest'imbroglio. E io devo pensare a mantenermi capite? Non ho nulla... Solo il buon nome e la buona salute. Devo pensare a trovarmi un po' di dote, capite? Ditelo voi stessa... Gliela dareste vostra figlia a un cristiano che si fosse messo in quest'imbroglio?... con una come voi? Non vi offendete, ora...

PINA   *(amaramente).* No, non mi offendo. Da voi non mi offende nulla, compare Nanni.

NANNI   Dunque lasciamo stare le chiacchiere che è tardi. E buona notte davvero, adesso.

Torna a distendersi sulla paglia, voltandosi dall'altra parte.

PINA   *(quasi lamentandosi tra sé dopo essere rimasta alcuni istanti in silenzio, col capo tra le mani).* Anche questa mi fate?... Mettete il coltello in mano alla mia figlia stessa, anche?...

NANNI   *(infastidito).* Io non vi faccio niente. Lasciatemi dormire, caspita!

PINA   *(con voce sorda, come fuori di sé, balbettando).* Bene... volete sposare mia figlia, dunque?

NANNI   *(sorpreso, voltandosi a metà).* Diavolo! diavolo... Dite sul serio stasera?

PINA   *(come sopra).* Sì, dico sul serio.

NANNI   *(ancora incredulo, ma levando il capo e sgranando gli occhi).* E voi davvero me la date in moglie?

PINA   *(soffocata, chinando prima il capo due o tre volte senza poter parlare).* Sì... Posso negarvi niente a voi?... Sposerete mia figlia, giacché così volete... Ed io me ne andrò... lontano... per non vedervi più.

NANNI   *(dopo averla fissata un momento, dubbioso, torna a voltarsi dall'altra parte, quasi temesse d'esser preso a gabbo).* Va bene, se ne può parlare più tardi, quand'è così.

PINA   *(come sopra).* E anche adesso, giacché così volete... È meglio parlarne adesso.

NANNI   *(vivamente, rizzandosi a sedere).* Dite proprio sul serio, gnà Pina?

PINA   *(amara).* Vi pare che abbia voglia di scherzare in questo momento?

NANNI	*(gongolante, alzandosi del tutto)*. Be', be'! quand'è così vi piglio in parola! E maledetto chi si pente, gnà Pina!
PINA	*(accasciata)*. Maledetto chi si pente.
NANNI	E domenica si va dal notaio, per fare le cose spiccie… Però, badate che non ho niente.
PINA	Che volete che vi dica?…
NANNI	Il buon nome e la buona salute… Questo sì! Ma infine, la roba la date a vostra figlia.
PINA	Tutto quello che volete… Ormai non m'importa di nulla!… Lo troverò un cantuccio, dove cadere e morire, lontano dagli occhi vostri!…
NANNI	No, sarete sempre la padrona in casa vostra.
PINA	Non me ne importa, ormai! È finita… per sempre è finita!
NANNI	Resta a vedere cosa dice vostra figlia, adesso. Bisogna che dica la sua anche lei.
PINA	*(colle lagrime agli occhi)*. Oh! mia figlia è sangue mio! Vorrà anche lei, non dubitate! Ora ve la chiamo io stessa. *(chiamando verso la capanna)* Mara! …
NANNI	Subito? Volete far le cose a precipizio?
PINA	Meglio cavarselo subito il dente che duole! Voi non cambiate certo…
NANNI	No, io non cambio. Ma c'è tempo… Domani…
PINA	Meglio cavarselo subito il dente che duole. Già non dormiamo più né voi né io con questa spina in mente!
NANNI	Bene, bene… fate come volete.
PINA	*(respingendolo, quasi duramente)*. Ma andatevene, ora, andatevene! Lasciatemi sola con mia figlia, ora. Voi non c'entrate tra madre e figlia.

Chiamando.

Mara!… Mara! Eccola che viene! Vedete che viene subito? Andatevene!

Nanni esce dalla sinistra.

SCENA VIII

Mara, e la gnà Pina.

MARA	*(dalla capanna, ancora assonnata, ravviandosi i panni addosso).* Mamma, che volete?
PINA	*(facendosi forza, per raffermare la voce tremante).* Ho... che compare Nanni... si è già spiegato infine... Dice che vuol sposarti...
MARA	*(sorpresa, recandosi le mani al petto, quasi colpita al cuore).* Me?
PINA	Te! Non mi far la stupida! Io ho detto di sì... e ora devi dire se sei contenta anche tu...
MARA	Io, mamma?...
PINA	*(masticando amaro).* Sei tu la sposa... Sei tu che devi parlare adesso...
MARA	*(sempre più sbigottita).* Che volete che dica?... Così all'improvviso!... Se non lo conosco nemmeno quel cristiano!
PINA	Ah! non lo conosci? Da un mese che è qui a lavorare nello stesso podere!...
MARA	*(smarrita, balbettando).* Non ci ho mai pensato con quest'idea... vi giuro!... vi giuro, mamma!
PINA	Bene... ora si è spiegato chiaro... È là, che aspetta la risposta.
MARA	*(vivamente).* No! diteglielo voi!
PINA	*(dura).* No? Perché?
MARA	Perché non mi marito!... Non voglio maritarmi...
PINA	*(sarcastica).* Cosa vuoi fare?... la monaca santa?
MARA	*(come sopra).* Non voglio maritarmi!... Non lo voglio quel cristiano!...
PINA	*(torva, quasi minacciosa).* Non lo vuoi? Perché non lo vuoi?
MARA	*(tutta tremante, fuori di sé dallo sbigottimento).* Perché non può essere... *(fissandola con gli occhi in cui balena il sospetto atroce).* Sapete bene che non può essere!
PINA	*(bieca, andandole quasi con le mani addosso).* Che vuoi dire? Parla chiaro!

MARA	*(scoppia a piangere)*. Mamma! Perché mi tormentate adesso?... che vi ho fatto?
PINA	Ti fai anche pregare!... Vuoi che ti preghi io stessa? Sarebbe bella anche questa!
MARA	Lasciatemi andare, per carità! Diteglielo voi stessa, che non può essere questo matrimonio...
PINA	Io ho detto di sì. Dirai di sì anche tu, perché così voglio!
MARA	Voi, mamma!
PINA	Io sono tua madre! Devo dartelo io il marito.
MARA	Voi, mamma!
PINA	*(incalzandola, fiera e risoluta)*. Io!... Te lo do io! Lo piglierai perché te lo do io!
MARA	*(supplichevole, a mani giunte)*. No, mamma! non lo fate!
PINA	Dovessi trascinarti all'altare pei capelli...
MARA	Non fate questo, mamma!... non fate questo! Il Signore ci castiga!...
PINA	*(afferrandola per le treccie e guardandola torva, viso contro viso)*. Che dici? Parla! parla chiaro!
MARA	*(strillando)*. Mamma! Mamma mia!

SCENA IX

Nanni e dette.

NANNI   No, gnà Pina!... colle buone!

PINA   *(a Mara, ancora stravolta).* Vattene ora, vattene!

A Nanni bruscamente:

Voi non c'entrate tra madre e figlia!...

A Mara c.s.:

Vattene Non mi fare dannare l'anima del tutto.

Mara piangendo rientra nella capanna.

NANNI   Che è stato?... Perché?... Dice di no?

PINA   *(ricomponendosi a poco a poco, ma ancora tutta tremante, con un sorriso amaro).* No... non temete per voi... Sono io che devo portare il carico adesso... son io!...

NANNI   Ma che avete? Parlate!... Siete tutta sottosopra...

PINA   Ah, vi par nulla quello che ho fatto?...

NANNI   Scusate... perdonate... Ma non c'è bisogno di guastarvi il sangue per questo. S'è cosa che si può fare, bene; se no, pazienza, e vi ringrazio lo stesso del vostro buon cuore.

PINA   Lasciatemi... lasciatemi stare adesso!...

Scoppia in lagrime, col volto fra le mani.

NANNI   E piangete anche!... Ma ch'è successo? parlate.

PINA   Niente: lasciatemi sfogare il cuore. Sapeste che c'è qui dentro!

NANNI   *(imbarazzato).* Sentite!... mi dispiace proprio... s'è per causa mia... o per qualche parola che ho detto... proprio per ischerzo... *(confondendosi sempre più, con calore).* Ma finitela ora, caspita!

PINA   Adesso fate come il coccodrillo, voi!

NANNI   No, com'è vero Dio!... Finitela, com'è vero Dio!

28

PINA	*(scuotendo il capo desolata).* Non posso!... non posso più! Ho fatto tutto quello che volete voi, ma ora non posso più!... Ah, quello che mi avete fatto fare, compare Nanni!...
NANNI	Non lo sapevo! Non voglio farvi fare le cose per forza, no!
PINA	*(fissandolo cogli occhi ardenti e lagrimosi).* Lo vedete almeno se vi ho voluto bene?
NANNI	Sarei un ingrato se non lo vedessi. Mi date la figlia, mi date la roba! Che potete fare di più?
PINA	*(col capo fra le mani).* Niente! niente!
NANNI	Avete un cuore grande come il mare!... Il vostro che non è vostro!... Vi spogliate anche della roba per darla a vostra figlia!...
PINA	*(scuotendo la testa, col grembiule agli occhi).* Questo è nulla!... questo è nulla!...
NANNI	Sarà niente, ma è anche un bel tratto! Spogliarvi viva del fatto vostro!... mentre siete ancora in gamba!... meglio di vostra figlia!... Lo ha detto lo stesso Malerba...

In tono di scherzo, onde rabbonirla.

Fortuna che ci mettiamo il parentato fra di noi!... Eh! eh!...

Sempre più imbarazzato.

Via, finitela!... Se non so che dirvi più... Vedete che non so dire due parole? Mi fate fare qualche sciocchezza!

Ridendo goffamente.

Mando all'aria San Giovanni e il parentato!

PINA	Ah!... scherzate anche coi santi, voi!
NANNI	*(mentre il riso gli muore sulle labbra, sempre più commosso e turbato di mano in mano lui pure).* No, no dico sul serio... Siete un diavolo in carne ed ossa!... Ora finitela e asciugatevi gli occhi... Fatelo per amor mio!
PINA	Lo sapete quello che mi avete fatto fare?... che mi avete messo il coltello in mano voi stesso... e poi mi avete detto... Te', ora!... strappati il cuore tu stessa!
NANNI	*(smarrendosi del tutto).* Basta ora, basta... Non posso vedervi piangere così!... Mi fate perdere la tramontana anche a me!... Basta ora!... fatelo per amor mio!

L'abbraccia.

PINA *(svincolandosi di scatto, tutta tremante e sconvolta).* No!... Lasciatemi!... Fate come il coccodrillo adesso!...

Rimangono a guardarsi negli occhi, pallidi entrambi.

NANNI *(smarrito, balbettando).* Perché?... Perché gnà Pina?...

PINA *(con voce sorda e rotta, quasi incalzandolo irata).* Fai come il coccodrillo! ... infame!... scellerato!... per farmi impazzire del tutto!...

NANNI *(indietreggiando, come per fuggirla).* No!... gnà Pina!... Che volete?

PINA *(con voce sorda, afferrandolo pel braccio, fiera e risoluta).* Taci!... Ci sentono qui...

NANNI *(tentando di svincolarsi).* No, gnà Pina!

Cava dal petto l'abitino della Madonna con mano tremante.

Vi faccio lo scongiuro, guardate!

PINA Lascia stare quell'abitino che non giova! Te l'ho fatto io tante volte lo scongiuro... e non è giovato!...

NANNI No!... no, gnà Pina!... Andiamo diritto all'inferno adesso!...

Si ode stridere in alto la civetta.

Sentite, la civetta!

Imprecando col pugno rivolto al cielo.

Su te il malaugurio, bestiaccia!

PINA Su me! Sono io la maledetta! Non me ne importa ormai! L'inferno l'ho avuto qui! L'ho pagato prima il male che fo!

NANNI *(vinto, colle gambe molli, la faccia stravolta, senza aver più la forza di resisterle).* Ah, maledetto Giuda!...

PINA *(tirandoselo dietro per il braccio, a capo chino, torva come una vera lupa).* Taci!... Non bestemmiare adesso!

Scompaiono dalla sinistra, in fondo. Silenzio; odesi lontano il mormorio del fiume, il fruscio delle spighe, il trillare dei grilli, e di tanto in tanto, l'uggiolare dei cani, lugubre, nell'ora tragica.

A un tratto passa di nuovo stridendo la civetta

ATTO SECONDO

Cortile rustico. A destra l'uscio e la finestra della casa, sotto un pergolato. A sinistra il pozzo e la legnaia. Sedile di pietra fra l'uscio e la finestra. Nel muro in fondo, coronato d'erbacce e vetri rotti, la porta che si apre sulla via. Al di là veduta del villaggio, in proscenio, sino al Monte dei Cappuccini, di cui si vede a sinistra un angolo del convento, e la gran croce di pietra dinanzi alla chiesa. Le finestre e i terrazzini delle case dirimpetto sono ornati a festa, con lampioncini di carta e coltroni colorati.

SCENA I

Mara, poi Nanni.

Mara è occupata ad ornare la casetta con ramoscelli di mortella e lampioncini di carta colorata. Entra Nanni dalla porta in fondo, e va ad abbracciarla, commosso.

MARA	*(sorpresa e tutta contenta).* Ah! ah!… Che buono!…
	In atto di gentil ritrosia.
	Cosa fate adesso?… Possono vedere i vicini!
NANNI	Portami qua mio figlio; voglio baciare anche lui.
MARA	Siete stato a confessarvi?.
NANNI	Sì, lo vedi.
MARA	*(sorridendo).* È questa la penitenza che vi ha dato il confessore?
NANNI	No, non è la penitenza… sono contento… Chiama il bambino.
MARA	Sentiamo, che gli avete detto al confessore?
NANNI	Ah!… allora mi confesso con te adesso…
MARA	*(come sopra).* Non me lo potete dire, sentiamo?
NANNI	*(tornando ad abbracciarla).* Basta, ti voglio bene, e te lo meriti.

MARA   (cogli occhi luccicanti di riconoscenza). Proprio proprio, me ne volete?

NANNI   Sciocca, adesso! sciocca! Fa bisogno?...

MARA   (quasi piangendo dalla contentezza). Sì, vi credo, ora! vi credo! Avete la faccia che vi credo!

Chinandosi a baciargli la mano.

Benedetto!... le buone feste che mi date!... benedetto!...

NANNI   (commosso anche lui). Basta, sciocca!... povera sciocca!... Basta ora!

MARA   (col cuore riboccante). Voglio dirvelo! Mi avete dato tante pene! Tanto mi avete fatto penare, senza saperlo voi stesso!...

NANNI   (imbarazzato). Io?...

MARA   (mettendogli una mano sulla bocca). Sì, non mi dite altro. Non mi fate parlare...

Guardandolo amorosamente viso contro viso e scuotendo il capo.

Ma ora no, è vero? Ora volete bene a me sola?...

NANNI   Vedi!...

MARA   No, non andate in collera.

Sorridendogli amorevolmente.

Vedete che mi confesso io stessa con voi?... Prima ero io che non vi volevo... Sapete... m'ero messa una cosa in testa... una brutta cosa!...

Con impeto di tenerezza e le lagrime agli occhi.

Ma ora no! Ora siete il padre dei miei figli... Siete il padrone!... tutto!... No, basta, non ne parliamo più. Ora il Signore mi ha fatto la grazia!

NANNI   (tra commosso e imbarazzato). Bene, bene...

MARA   (tornando a baciargli le mani, una dopo l'altra). Ora vi ringrazio!

Giungendo le mani con fervore e levando il viso al cielo.

Signore vi ringrazio!

Piange di consolazione nel grembiule.

NANNI   Bene. Questa è ora la conclusione, invece di essere contenta, come dici?

| **MARA** | *(con calore, asciugandosi gli occhi)*. No, sono contenta! Voglio accenderle di tutto cuore le lampade a Maria Addolorata! Tutte le lagrime che ho pianto di nascosto voglio metterle in quelle lampade! |

Torna a disporre i lampioncini alla finestra.

| **NANNI** | *(aiutandola, commosso anche lui, e collo stesso fervore religioso)*. Dio sia lodato!… Ce lo renderà bene alla raccolta! I seminati sono un paradiso!… Chiama il bambino che così si diverte anche esso, ti dico. |

| **MARA** | *(tutta vibrante di emozione, mentre seguita a ornare di fiori la finestra)*. Aspettate… Un momento… Termino qui prima… L'ho lasciato apposta dalla vicina… Stanno vestendolo per la processione… tutto di bianco!… Andrà cogli angioletti nella processione… con un canestro di fiori!… Ora ve lo faccio vedere. Anima pura! È lui che mi ha ottenuta la grazia!… Ora ve lo chiamo. |

Chiamando dalla porta in fondo.

Agrippino!

SCENA II

Lia, poi Grazia, Neli e detti.

LIA	*(entrando dalla porta in fondo).* Viene, viene!… lo vestono adesso…
	Guardando attorno.
	Oh! com'è bello qui! Sembra un giardino!
	Chiamando fuori dell'uscio.
	Venite qua, a vedere quello che ha fatto compare Nanni!
GRAZIA	*(dopo avere ammirato anche lei).* Bello! bello! Anche la casa del sindaco, avete visto?… e la piazza lassù, tutta di verde! sono venuti tanti forestieri a vedere!
NANNI	La gente è contenta. Avremo una buona annata, se Dio vuole.
	Si odono nella via le ragazze che passano cantando le litanie.
LIA	*(che è andata a vedere).* Le figlie di Maria. Vanno alla processione.
GRAZIA	*(sull'uscio lei pure).* Anche la Carolina! Oh, guarda che sfacciata!
MARA	Se è pentita!… Vuol dire che la Madonna le ha aperto gli occhi!
NANNI	Vuol dire che è pentita. Tanto meglio.
NELI	*(entrando dalla strada).* Mi manda compare Janu. Vi manda a dire…
	Rimane a bocca aperta, ammirando.
	Oh! oh!… Che fate qui?… Oh!
NANNI	Quello che possiamo… di tutto cuore!
NELI	Compare Janu vi manda a dire… Sentite, lo stendardo della Confraternita dovete portarlo voi, dice.
MARA	Ah! ah! Vedete!
NANNI	*(tra la confusione e la gioia).* Io? Se lo dice lui che è il capo… sono qua!… Lo porto anche in palma di mano lo stendardo!
GRAZIA	Ecco che si gonfia e fa il bell'uomo, ora!…

| **NANNI** | No… pel piacere… per l'onore… |

| **MARA** | *(giubilante, rivolta alle amiche, in tono di scherzo).* È roba mia, veh! È mio marito! |

| **NELI** | Dice per dare il buon esempio. Gliel'ha ordinato il vostro confessore. |

| **NANNI** | Son qua, son qua! Per dare il buon esempio io son qua! mani e piedi, tutto quanto! |

| **MARA** | Voglio confessarmi anch'io con quel sant'uomo!… domani stesso. |

| **NANNI** | *(commosso lui pure e sorridendo).* Tu?… A te l'assoluzione posso dartela io!… |

| **LIA** | Bene… sentite… se ne spendono dei denari oggi! Se ne fanno dei peccati tutto l'anno! Ma viene una giornata come questa poi!… |

| **NELI** | Ne avete spesi dei denari qui!… Tutti quei lumi! Ce ne vuole dell'olio! |

| **MARA** | Me lo caverei dagli occhi, guardate! Il Signore mi ha concesso tante grazie! Gli avevo fatto il voto, quando Nanni era stato in punto di morte, vi rammentate! La casa era tutta nera! Ne ho viste delle pene! Tante ne ho viste! |

| **NANNI** | Basta, quello che si promette ai santi, bisogna farlo. Bisogna farlo! |

| **MARA** | Ora è finita, Dio sia lodato. L'ha fatto per quel povero innocente! Qualche avemaria detta bene!… |

| **NANNI** | Voglio vederlo, vestito da angioletto… |

| **MARA** | Sì, venite, prima che incominci la processione. |

Esce frettolosa e giuliva, insieme a Grazia e Lia.

| **NELI** | Dunque gli dico di sì? |

| **NANNI** | Sì, sì… Quante volte? |

| **NELI** | Bene. |

S'avvia per uscire.

| **NANNI** | E sentite… ditegli pure, a compare Janu… la corona di spine in capo, la voglio di spine vere! che pungano! Non si deve far da burla dinanzi al Cristo morto! |

| **NELI** | Se vi piace così, meglio. |

| **NANNI** | Mi piace quel ch'è giusto. Siamo penitenti, sì o no? |

| **NELI** | Va bene, glielo dico. |

Mentre fa per uscire s'imbatte nella Pina.

La gnà Pina! Oh! vostra suocera!

| **NANNI** | *(sorpreso e contrariato).* Ah!… Oh! |

SCENA III

Pina e detti.

PINA	*(entra timida e sorridendo umilmente, come a farsi perdonare la sua venuta).* Vi saluto… Buone feste… Sono venuta a portarvi le buone feste… Tanto tempo che non vi vedo…
NELI	Glielo dico sempre per la corona di spine?
NANNI	*(irritato).* Quante volte? quante volte?
NELI	Dico se ci andrete sempre collo stendardo, ora che avete gente in casa?
NANNI	Sì! e tre volte!…
NELI	Bene, bene.

Esce stringendosi nelle spalle.

PINA	*(che è rimasta in un canto, imbarazzata).* Sono stata malata anche… Tanto ch'è piovuto!… Ho preso le febbri… Ma del resto tutto va bene laggiù, grazie a Dio… I seminati sono già alti.
NANNI	E la vigna?
PINA	*(facendosi animo, quasi incoraggiata da una buona parola).* Bene! bene! Anzi comincia a mettere i tralci… Dei bei tralci lunghi così!… Bene, ho detto, giacché non ci pensano loro al podere, andiamo a portargli la buona notizia.

Smarrendosi di nuovo al vedere l'aria inquieta di Nanni.

E volevo dirvi pure che bisogna venire ad aiutare… Io non basto più da sola a strappar la gramigna… Vedete che mani?…

NANNI	*(di cattivo umore).* Bastava mandarlo a dire.
PINA	*(mortificata).* Vi dispiace che sia venuta?
NANNI	Non mi dispiace. È che adesso non c'è nessuno a guardare la casa, laggiù.
PINA	Ho lasciato detto al vicino Raja di tenerla d'occhio la casa, e il podere anche… Poi non c'è bisogno neppure. Sono tutti al paese, a godere la festa.

Guardando intorno.

Ecco, vi preparate anche voi.

NANNI Basta, giacché siete venuta, ora…

PINA *(timidamente).* Se vi dispiace, me ne torno indietro come sono venuta…

NANNI *(brontolando).* Se mi dispiace… se mi dispiace…

PINA *(quasi cercando le parole).* Volevo vedervi… vedere come state… Già voialtri non mi avreste cercata…

Accorata.

Potevo morire, senza che nessuno lo sapesse!

NANNI Basta… giacché siete qui, a vostra figlia diremo che siete venuta pel medico.

PINA *(amaramente).* Mia figlia? Che gliene importa di me a mia figlia?

NANNI No, gliene importa; tacete.

PINA *(siede sotto il pergolato, come avesse le gambe rotte, e si volta dall'altra parte per asciugarsi gli occhi di nascosto).* Sono come un cane… un cane senza padrone…

NANNI Ora finitela, almeno!… Non vi fate trovare cosi! Se vi fate trovare con quella faccia sarebbe stato meglio non venire.

PINA *(levando verso di lui gli occhi lagrimosi).* Perché? Che vi fo?

NANNI *(senza osar di guardarla, dandosi da fare intorno per nascondere il suo imbarazzo).* Niente…

PINA Niente vi fo… Non voglio niente.

NANNI *(agitatissimo, dopo averla fissata un istante in silenzio, andandole incontro risolutamente, con voce bassa e concitata).* No!… sentite!… Oggi sono stato a confessarmi… Mi son messo in grazia di Dio…

PINA *(chinando il capo e aprendo le braccia in aria umile e sottomessa).* Bene, meglio per voi… Allora di che temete?

NANNI Temo per vostra figlia… se vi trova qui!

PINA Che male c'è se mi trova qui? Posso venire in paese, almeno le feste principali.

NANNI Che male c'è!… Che male c'è!… Voi lo sapete… e anche essa lo sa!…

Pina gli volta le spalle, senza dir nulla, e va a prendere la mantellina che ha lasciato sul sedile. Si ode di fuori un brusio di folla.

NANNI   *(fermandola bruscamente).* No… restate… Giacché vi hanno vista i vicini sarebbe peggio…

Corre alla porta e la spalanca, chiamando fra la gente che passa.

Oh! Cardillo! vieni a vedere… Che te ne pare?

CARDILLO   Che me ne pare?

Rimane sorpreso al vedere la Pina.

Oh! la gnà Pina!… Scusate, scusate…

Fa per andarsene.

NANNI   Bestia! se t'ho chiamato io stesso!…

CARDILLO   *(sospettoso, guardando or lui e ora la Pina).* Bestia! meglio! Voglio esser bestia oggi piuttosto! Una giornata come questa!…

VOCI FESTANTI

DI FUORI.   Gli angioletti! - Ecco gli angioletti! - Viva Maria Addolorata!

CARDILLO   *(scandalizzato).* Chiudete la porta almeno!

Mentre sta per uscire s'imbatte in Grazia, la quale entra premurosa.

GRAZIA   Compare Nanni! Non venite?…

Sorpresa anche lei e cambiando tono al vedere la Pina.

Oh!… Voi!…

Freddamente.

Vi saluto, gnà Pina.

PINA   *(timida e umiliata).* Vi saluto.

GRAZIA   *(a Nanni, con imbarazzo).* Vi mandava a chiamare vostra moglie… Ma ora le dico di aspettare un momento.

Per uscire.

NANNI   No, sentite…

GRAZIA   Scusate, devo andarmene.

Esce in fretta.

CARDILLO   Sapete colui ch'era pieno di peccati? Gliene aveva fatti tanti a Gesù Cristo! Ma quello che trovò scritto sul libro, quando dovette fare i conti col Padre Eterno... Basta! è meglio non parlarne!... Oggi ch'è il Venerdì Santo, per giunta!... "Ti mancava anche questo scandalo per ribadire i chiodi al mio Figliuolo?" gli disse il Padre Eterno... E con questo vi lascio e vi saluto!

Esce chiudendo la porta in furia dietro di sé

Nanni e Pina.

NANNI   *(concitato).* Vedete?... Tutti quanti!...

Pina rimane immobile, senza saper che dire.

NANNI   E non rispondete neppure?

PINA   *(colle lagrime agli occhi).* Cosa volete che dica?

NANNI   *(eccitatissimo, parlandole quasi coi pugni sul viso, sottovoce).* Volete che ve la dica io? Quando sono stato malato... in punto di morte... non volevano neppure portarmi il viatico!

Prorompendo.

Ho visto la morte cogli occhi, vi dico!

PINA   *(arretrandosi, tutta tremante).* Che devo fare? parlate.

NANNI   *(andando su e giù per la scena, agitato).* Perché siete venuta oggi? perché?

PINA   *(colle lagrime agli occhi).* Perché? che vi fo?

NANNI   Mi fate... mi fate... che mi fate perdere la confessione!

PINA   *(irrigidita dall'angoscia, balbettando fra le lagrime che la soffocano).* Sentite! E quello che mi fate a me, voi?... quello che mi avete fatto?... Io non ve lo dico!... Mi vedete che parlo e rido... ma quello che ho in cuore non lo vedete!...

NANNI   Lo vedo, sì!... Questo è il peggio, che lo vedo! E anche vostra figlia! Vedete come è ridotta... pelle e ossa! Non parla, non dice nulla... ma dentro si rode e si consuma. Ogni notte la sento che piange e si dispera!... in causa vostra! Vorrei piuttosto che mi piantasse un coltello qui, quando mi guarda con quegli occhi, senza dir nulla!...

PINA   *(col viso torvo, evitando di guardarlo).* E a me che mi pianta quegli occhi in faccia, appena arrivo!... e dà la poppa alla tua creatura!... dinanzi a me!...

Con voce sorda.

Vi ho fatto il letto colle mie mani, la prima notte!…

41

SCENA IV

Mara e detti.

MARA	*(entrando di furia, sconvolta).* Ah!… era vero!… Siete qui, voi?
PINA	Sì… sono venuta a vedervi… per vedere come state…
MARA	*(chinandosi a baciarle la mano, ma col pianto agli occhi).* Lo vedete come stiamo… bene.

A Nanni, rivolgendogli un'occhiata scintillante tra le lagrime.

Per questo non siete venuto a vedere vostro figlio… prima che andasse alla processione?…

PINA	La colpa è mia… perché sono venuta, è vero?
NANNI	No, no… avete fatto bene.
MARA	Avete fatto bene, siete la padrona.

Breve pausa. Silenzio imbarazzato di tutti tre.

PINA	C'è anche la vigna da zappare; son venuta a dirvelo.
NANNI	Bene, andremo lunedì.
MARA	Ah! siete venuta a prenderlo?
PINA	Non posso far tutto io da sola. C'è l'erba alta così. Se piove l'erbacce si mangiano ogni cosa.
MARA	*(con uno scoppio di amarezza).* Ormai, in questa casa ci piove e ci grandina, madre mia!
PINA	È per me questo discorso?
NANNI	No, no! che dite…
PINA	Io faccio tutto quello che posso. Ho sudato sangue sulla vostra terra… all'acqua e al vento… Il pane che vi mangio, non ve lo rubo, no!

Mara senza rispondere si mette a piangere col grembiule agli occhi.

NANNI	*(irritato).* Ecco, ora! ecco!

42

MARA   Lasciatemi piangere. Non vi dico nulla!…

PINA   *(amaramente).* Non c'è bisogno di parlare alle volte.

NANNI   *(a Mara).* Puoi venire anche tu alla vigna, per dare una mano.

MARA   Che verrei a fare? Non vi servo a nulla!… Non posso aiutarvi.

Accennando amaramente alla sua gravidanza.

nello stato in cui sono!… col castigo di Dio addosso!…

PINA   Ah, il castigo di Dio?

MARA   *(prorompendo).* Perché ve la pigliate con me? Pigliatevela col Signore piuttosto! Pigliatevela con voi stessa che avete voluto maritarmi!

PINA   E questa è la ricompensa! La bella accoglienza che mi fai!

MARA   *(eccitata, cogli occhi accesi e lagrimosi).* Cosa devo fare? Volete che canti e rida, mentre c'è il Cristo morto per le strade?

NANNI   Basta! leviamo l'occasione.

Prendendo la Pina per un braccio.

Venite a vedere vostro nipote, piuttosto.

MARA   *(non frenandosi più).* Lasciatelo stare mio figlio almeno… povero innocente!…

PINA   Hai paura che te lo mangi tuo figlio?

MARA   Perché dovreste mangiarmelo? Non è anch'esso sangue vostro? Forse che i cristiani si mangiano tra di loro adesso?

NANNI   *(minaccioso a Mara).* La finisci?… com'è vero Dio!

MARA   *(chinando il capo, accorata).* Battetemi! Se mi volete battere, battetemi!… Se vi pare che me lo merito… son qua!

PINA   Alle volte, sai, le parole fanno peggio ancora!… Le parole di una santa come te!… che fanno peggio di un coltello!…

NANNI   *(che sta per prorompere fa il segno della croce).* Brutto diavolo, va via!… tentazione!…

MARA   L'avete con me? Volete che vi lasci e me ne vada?

NANNI   Escirò io!… Io me ne vo!… al diavolo!… poiché c'è l'inferno in casa, quando siete insieme madre e figlia!

44

Esce infuriato.

SCENA V

Mara e Pina.
Madre e figlia si guardano alcuni istanti in silenzio, pallide e corrucciate.

PINA   Sei contenta ora, sei contenta?

Mara seguita a fissarla senza rispondere, col rancore negli occhi.

PINA   Quasi fossi venuta a chiedervi l'elemosina oggi!… a te e a tuo marito!

Mara china il capo, sempre tacendo, accigliata.

PINA   Dopo che mi hai preso tutto!… Quello sì, l'hai preso!… la roba e tutto!

MARA   *(voltando le spalle bruscamente, col viso tra le mani).* Mamma, lasciatemi stare! Lasciatemi stare, oggi!

PINA   Ti lascio stare. Vuoi che ti lasci state e me ne vada? E non ci metta più piede in casa tua?… nella casa che t'ho data io stessa?

MARA   Me l'avete data perché ci morissi a fuoco lento, la casa! Per farmi dannare l'anima me l'avete data!

PINA   T'ho dato tutto! M'hai preso ogni cosa tu!

MARA   *(voltandosi verso di lei, cogli occhi scintillanti e con voce vibrata).* Tacete! tacete!

PINA   Parla tu allora! sfogati!

MARA   *(aggirandosi desolata per la scena colle mani nei capelli).* Ah! Signore! toglietemi voi da queste pene!

PINA   Le tue pene?… Lascia stare le tue pene!… Lascia stare i santi! Li ho pregati anch'io! Non odono, lassù!

MARA   *(scattando).* Ve la pigliate anche coi santi, scomunicata!

PINA   Vedi? Vedi che lo sputi fuori il veleno?… Un pezzo che lo vedo… in ogni tua parola!…

MARA   Il veleno che m'avete messo qui!

PINA   *(investendola, bieca e con voce sorda).* Schiacciami la testa colle tue mani allora… giacché sono io la vipera!… Andrai dal confessore poi… anche tu!

45

MARA	Scomunicata! scomunicata che siete!
PINA	Taci!
MARA	Ladra! ladra!
PINA	Taci!
MARA	Ladra! Venite sin qui a rubarmi la mia pace! Madre scellerata!
PINA	*(come una belva ferita)*. Ah, vedi? vedi?…

SCENA VI

Grazia, poi Lia e Bruno accorrendo alle grida di Pina e Mara dalla strada, e dette.

GRAZIA	Che c'è? che c'è? Sembra che caschi la casa.
MARA	È cascata e rovinata la casa!… C'è la maledizione di Dio!
LIA	Gnà Mara, fate prudenza voi! Non fate ridere la gente!
PINA	C'è che mi danno il calcio dell'asino, adesso, lei e suo marito!…
GRAZIA	Vi mancava tempo a discorrere dei vostri interessi? Giusto quando sta per passare la processione!…
PINA	Mi danno il calcio dell'asino!… dopo avermi preso la roba e tutto!… Gli mangio il pane a tradimento, ora!…
MARA	Mi mangiate altro che il pane a tradimento… Il sangue mi mangiate!
LIA	Cominciate a tacere voi che siete la figlia, via!
GRAZIA	Basta, non fate scandali!…
BRUNO	*(entrando).* Vi si sente dalla piazza… più forte della banda! Pare che sia qui la festa. Un altro po' lasciano la banda e corrono tutti qui.
PINA	Sì, correte! Chiamate i carabinieri anche, per farmi legare!
MARA	La lingua vi dovrebbero legare! Vi dovrebbero legare pei capelli, sulla pubblica piazza!
LIA	Che parolacce, gnà Mara! A vostra madre!…
MARA	Son parole che mi bruciano qui dentro!
GRAZIA	Andiamo via, gnà Pina. Voi che siete più giudiziosa!… Non facciamo peccati oggi…
PINA	No, non voglio andarmene. Sono in casa mia.
MARA	Restateci! Me ne vado io!… per sempre! Per sempre ve la lascio questa casa maledetta!
PINA	*(minacciosa).* Vattene! via! vattene! Non mi fare impazzire del tutto!

BRUNO   *(frapponendosi tra di loro)*. Ehi! ehi! che fate?

SCENA VII

Nanni accorrendo di fuori al rumore della lite, seguito da Cardillo, Filomena, Malerba e Neli.

NANNI	*(irato, picchiando a diritta e a manca Mara e la Pina)*. A te!… e a voi pure! Non volete finirla? Sono la favola del paese!
NELI	E addio stendardo!
MALERBA	*(sbracciandosi a metter pace, col suo fare canzonatorio)*. La banda!… Ecco la banda!
BRUNO	Basta, Nanni!
CARDILLO	Ma che siete, cristiani o turchi?
FILOMENA	Sentite!… è uno scandalo per tutto il vicinato! Finitela questa vergogna!
NANNI	Sono la favola del paese! Siete contente ora?
GRAZIA	*(aiutando la Pina ad asciugarsi il viso insanguinato)*. Lasciate vedere!… Avete del sangue lì…
PINA	Nulla… non è nulla.
MALERBA	Le carezze dell'asino! Vuol dire che le piacciono le carezze dell'asino…
NANNI	*(irritato, spingendo fuori Malerba)*. Va via ora, tu! o me la piglio con te, anche!
GRAZIA	*(a Pina, conducendola via)*. Venite, venite!
	Escono con Lia e Filomena.
CARDILLO	*(uscendo con Bruno)*. Turchi! Peggio dei turchi, Dio ce ne scampi e liberi!
MARA	*(piangendo, a Nanni, in atto di andarsene anche lei)*. Guardate!… quello che fate a me!… Basta! che il Signore non ve ne domandi conto, poi!…
NANNI	Finiscila adesso, tu!… Non mi mettere colle spalle al muro tu pure!
MARA	L'avete fatta?… anche questa?… che mi avete battuta dinanzi a lei? Gliel'avete data questa soddisfazione, a mia madre!
NANNI	Mi farete commettere qualche pazzia, tu e tua madre!

49

MARA   Scomunicati! scomunicati tutti e due!

NANNI   Via!... fallo per amor mio!... se è vero che mi vuoi bene.

MARA   Per questo mi calpestate sotto i piedi? perché sapete che vi voglio bene?...
            perché fate di me tutto quello che volete?... Mi fate morire disperata!

NANNI   *(quasi supplichevole)*. Senti, Mara! senti!...

MARA   Scellerato! Come vi è bastato l'animo? Mentre sono in questo stato!...
            Come potete guardarlo in faccia vostro figlio, quando viene a baciarvi la
            mano, povero innocente!

NANNI   Senti!... Non mi mettere colle spalle al muro tu pure!... Ogni tua parola è
            una coltellata!... Te la levo dinanzi quella scomunicata di tua madre!

MARA   Non vi credo! Non vi credo più! Come volete che vi creda! Vi ho visto con
            questi occhi!... la faccia che avevi... tutti e due!... voi e quella
            scomunicata di mia madre!... Vi pare che sia cieca? Cosa siete andato a
            dirgli al confessore, dunque?

NANNI   *(fuori di sé, cercando di chiuderle la bocca colle mani)*. Basta! basta!

Compare Janu e detti.

JANU   Bestie! Peggio delle bestie siete!

NANNI   *(irritato e confuso).* Loro!… In causa loro!… Mi faranno fare qualche pazzia!

MARA   *(singhiozzando).* È finita, compare Janu! Non posso più starci in questa casa!

JANU   No, ascoltate. Abbiate giudizio almeno voi.

MARA   Non posso più starci! Me ne vo con mio figlio… povero orfanello!

NANNI   *(esasperato).* Lasciatela andare, compare Janu! Lasciatela andare, ch'è meglio!

MARA   *(a Nanni, piangendo, dall'uscio).* Pensateci che avete lasciato vostro figlio orfano… in mezzo alla strada…

    Esce.

JANU   *(a Nanni).* Pezzo di birbante. Sei degno della forca.

NANNI   Dite bene; avete ragione, vossignoria!

JANU   E la prima! E la seconda! Torni a promettere, e poi torni a cascarci!

NANNI   Non è vero! Son le male lingue che vorrebbero essere tagliate!…

JANU   Le male lingue sono tutto il paese. Anche tua moglie adesso, vedi!

NANNI   Mia moglie è pazza! pazza da legare anche lei!… che si mette in testa non so cosa!

JANU   Si mette in testa che sei una bestia! Come le bestie sei!

NANNI   Come le bestie; avete ragione!

JANU   Bella ragione! C'è il bastone per le bestie.

NANNI   *(prorompendo).* Vorrei vedervi, vossignoria! E quella scomunicata che non posso togliermela d'addosso?… Non vado più neppure alla vigna, per sfuggirla!…

JANU	Che paura hai, se non c'è nulla di male?
NANNI	*(borbottando)*. Che paura ho… che paura ho…
JANU	*(severo)*. Vedi!…
NANNI	*(eccitatissimo)*. Lo sapete anche voi che donna è quella!… come la chiamano!… che donna è… che vi fa dannar l'anima come vuol lei!
JANU	Vedi… anche adesso!… come ne parli!
NANNI	Corpo di!… Cosa devo dirvi?… Cosa devo fare?
JANU	Parlale chiaro e tondo. Dille che ti lasci in pace.
NANNI	Come posso fare? È padrona anche lei qui… Non posso chiuderle l'uscio in faccia, se viene.
JANU	Lasciale la casa. O fuori lei, o fuori tu insomma.
NANNI	Fuori? Dove ho da andare?
JANU	Lontano: in campagna.
NANNI	In campagna? Fate presto anche questa! Non sapete nulla, vossignoria!. E quando viene a ronzarmi intorno poi? e sul piano… Non sapete ch'è peggio! Gira e rigira… col pretesto di cogliere erbe selvatiche… come una vera lupa!…

Prorompendo

Non posso pigliarla a schioppettate da lontano.

JANU	Allora sai cosa devi fare? Vendi ogni cosa e vattene via dal paese, tu e tua moglie.
NANNI	Non posso neanche vendere. È roba della dote!…

Smaniando.

Sono legato stretto, vi dico!… mani e piedi!… Bisogna romperla d'un colpo questa catena!

SCENA IX

Pina e detti.

NANNI	Vedete? Vedete, vossignoria?

NANNI   Vedete? Vedete, vossignoria?

JANU   Sst! sst!

NANNI   Vedete? Torna da capo! Non è contenta se non mi fa andare in galera!

JANU   Senza strepiti, senza galere. C'è modo d'accomodare ogni cosa. Comare Pina, sapete come dice il proverbio: "Maritati e muli lasciali soli".

PINA   E chi li tocca? Che gli fo adesso?

JANU   Che fate… che fate… Bene non fate certo. Qui c'è l'inferno ogni volta, fra di voi.

PINA   *(asciugandosi gli occhi, febbrile)*. Sapete il calcio dell'asino, vossignoria? Mi danno il calcio dell'asino, ora che son povera e pazza.

JANU   Volete da campare anche voi? È giusto. C'è modo d'accomodarvi… ma voi da una parte e loro dall'altra. Il mondo è grande, sorella mia. Mancassero uomini, che diavolo!

PINA   Dite bene, vossignoria! E mi merito quello che dite…

JANU   Vi meritate… che la gente parla per quel che sente dire… Oppure è segno che scontate adesso qualche peccato vecchio… Saranno chiacchiere, saranno bugie… Adesso però bisogna far tacere le male lingue. Giacché vostro genero si è messo in grazia di Dio, lasciatelo in santa pace.

Pausa. Nanni e Pina rimangono a capo chino.

JANU   *(a Nanni)*. Hai inteso dunque? Ora vo ad accordare l'altra campana, e ti conduco qui tua moglie. Voi, gnà Pina, giacché avete capito il latino andatevene pei fatti vostri, e cercate di mettervi in grazia di Dio anche voi, se potete.

Esce.

53

SCENA X

Nanni e Pina

PINA	*(fosca come parlando tra sé)*. No! Non ce n'è confessore per le madri come me!
NANNI	Andatevene dunque, andatevene!
PINA	*(riscaldandosi colla bocca amara)*. Che non ne sapete altra canzone anche voi?
NANNI	*(riscaldandosi sempre più)*. Ve l'ho detto tante volte, ed è sempre inutile!...
PINA	Dunque, s'è inutile, perché ci tornate adesso?
NANNI	*(esasperato)*. Perché voglio finirla!... una volta per sempre! Voglio uscirne da quest'inferno!
PINA	*(sarcastica)*. Vi siete messo in grazia di Dio! Che paura avete dunque?
NANNI	Ho paura di voi!... che siete il diavolo in carne ed ossa!... m'avete fatto qualche malefizio!... Venite a tentarmi anche adesso!...
PINA	*(dura e ostinata, senza guardarlo neppure, attingendo acqua dal pozzo)*. Sono venuta per la festa. Sono cristiana anch'io.
NANNI	*(furioso, afferrandola pel braccio)*. Voi? voi?
PINA	*(svincolandosi)*. Lasciatemi lavare il viso ora! Non mi strappate il vestito della festa anche!
NANNI	Ve la darò io la festa! Ora stesso ve la darò!
PINA	Ah, se ti bastasse l'animo!
NANNI	Sangue di!... Corpo di!...
PINA	*(guardandolo fisso, in tono di amarezza disperata)*. Non ti basta l'animo, no! Sei buono soltanto a far impazzire gli altri, tu! Ma a toglierli dalle pene con un colpo solo non ti basta l'animo!
NANNI	Maledetta!... tutta quanta!...
PINA	Sì, ti pare che non lo sappia? Le madri come me andrebbero bruciate vive! ... Dovrebbero mangiarsele i cani, le madri come me!... E tu pure che mi tieni nell'inferno!... pei capelli!... come una pazza!... Hai un bell'andare a

confessarti... Il diavolo ci ha legati insieme!

NANNI   *(brandendo una scure, furioso)* Ah!... Lo rompo io il legame!

PINA   *(voltandosi verso di lui, col petto nudo, come a sfidarlo).* Finiscila! Via!
colle tue mani!

NANNI   *(la spinge sotto la tettoia, cogli occhi pazzi d'ira e di orrore, la scure
omicida in alto, urlando colla schiuma alla bocca).* Ah!... ah!... Il diavolo
siete?

Cala la tela.